AF329714

CATALOGUE

DES

LIVRES CHOISIS

RARES ET PRÉCIEUX

COMPOSANT

LE CABINET DE FEU M. A.-J. MOIGNON

CONSEILLER A LA COUR DE CASSATION
COMMANDEUR DE LA LÉGION D'HONNEUR
ET DE L'ORDRE DE SAINT-STANISLAS DE RUSSIE

DONT LA VENTE AURA LIEU

Le Samedi 14 avril 1877, à deux heures précises

Hôtel des Commissaires-Priseurs, rue Drouot

Salle n° 4

Par le ministère de M⁰ MAURICE DELESTRE, commissaire-priseur

Successeur de M⁰ DELBERGUE-CORMONT

27, rue Drouot, 27

Exposition publique le Vendredi 13 avril 1877

PARIS

ADOLPHE LABITTE

LIBRAIRE DE LA BIBLIOTHÈQUE NATIONALE

4, rue de Lille, 4

1877

POUR PARAITRE EN AVRIL

CATALOGUE

DES

LIVRES DE JURISPRUDENCE

DE

LITTÉRATURE ET D'HISTOIRE

COMPOSANT

LA BIBLIOTHÈQUE DE FEU M. A.-J. MOIGNON

CONSEILLER A LA COUR DE CASSATION

Dont la vente aura lieu le 1er mai 1877

Paris. — Typ. G. Chamerot, rue des Saints-Pères, 19.

CATALOGUE

DES

LIVRES CHOISIS

RARES ET PRÉCIEUX

COMPOSANT LE

CABINET DE FEU M. A.-J. MOIGNON

CONSEILLER A LA COUR DE CASSATION
COMMANDEUR DE LA LÉGION D'HONNEUR ET DE L'ORDRE DE SAINT-STANISLAS
DE RUSSIE.

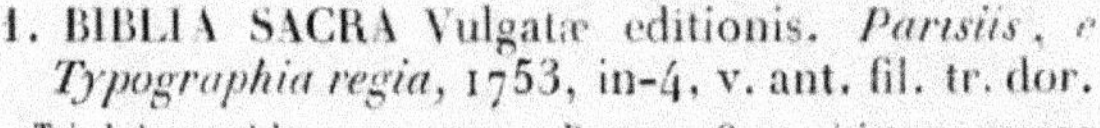

THÉOLOGIE.

1. **BIBLIA SACRA** Vulgatæ editionis. *Parisiis, e Typographia regia*, 1753, in-4, v. ant. fil. tr. dor.

   Très-bel exemplaire AUX ARMES DE BOSSUET. On y a joint UNE LETTRE AUTOGRAPHE de 5 pages, datée de Meaux, 22 décembre 1697, et adressée à M. l'abbé Bossuet, à Rome.

2. **LA SAINCTE BIBLE** françoise selon la Vulgate latine, par Pierre Frison. *Paris*, 1621, 3 tomes en 1 vol. gr. in-fol. *figures de Léonard Gaultier*, mar. rouge, dent. fil. (*Reliure de Le Gascon.*)

   Mouillures.

3. La Sainte Bible traduite sur les textes originaux, avec les différences de la Vulgate. *Cologne*, 1739, pet. in-8, titre gravé, mar. r. fil. tr. dor. (*Anc. rel.*)

   Exemplaire de Ch. Giraud.

4. **EVANGELIA SLAVICÈ** (Texte du Sacre), ad exemplaris similitudinem descripsit et edidit Silvestre.

Lutetiæ Parisiorum, 1843, gr. in-4, mar. r. fil. tr. dor.

Reproduction fac-simile de l'évangéliaire slave de la bibliothèque de Reims, qui figurait au sacre des Rois de France.

5. Harmoniæ Evangelicæ libri IV, authore Andrea Asiandro. *Lutetiæ, ex officina Roberti Stephani,* 1545, in-16 allongé, mar. br. fil. tr. dor. (*Capé.*)

Petit volume bien imprimé et fort rare. *Renouard, Bibl. d'un amateur, tome I, page* 34.

6. Historiarum memorabilium ex Genesi et ex Exodo descriptio, per Guglielmum Paradinum. *Lugd., apud J. Tornæsium,* 1558, 2 part. en 1 vol. pet. in-8, v. ant. fil. tr. dor.

Figures du Petit Bernard. Exemplaire de Sauvageot.

7. Figures de la Passion de N.-S. J.-C., accompagnées de réflexions propres à donner l'intelligence de ce mystère. *Se vend à Paris, chez Chereau,* pet. in-4, mar. citr. tr. dor. (*Anc. rel.*)

8. CES PRÉSENTES HEURES sont à l'usaige de Rome. (*A la fin :*) *Imprimées à Paris, par Germain Hardouin* (Almanach de 1534 à 1546), gr. in-8, mar. br. tr. dor. (*Reliure du seizième siècle.*)

Exemplaire sur PEAU VÉLIN. Ces heures sont ornées de 18 grandes gravures sur bois et de 19 petites. Elles n'ont pas de bordures gravées autour des pages. Exemplaire de Sauvageot.

9. PRECES PIÆ..... in-8, mar. r. riches compartiments dorés et mosaïques en maroquin, tr. dor. (*Capé.*)

Beau manuscrit du quinzième siècle, sur peau vélin; il est composé de 140 feuillets. Il est orné de bordures à chaque page, de 16 grandes miniatures, de 24 petites dans le Calendrier et de 17 dans les Heures. En tout 57 miniatures.

10. L'OFFICE DE LA VIERGE MARIE mis en vers, avec plusieurs autres prières, par J. Desmarets, 1645. *Paris, chez Henri Legras,* in-12, maroq. la Val. couvert de compart. dorés, tr. dor. (*Capé.*)

Superbe exemplaire tiré sur parchemin. Le titre gravé est tiré sur papier.

11. Prières de la Messe. — Prières pour le Roy. — In-4, mar. r. jans. tr. dor. (*Capé.*)

Manuscrit calligraphié du dix-septième siècle, sur papier; le titre est entouré d'une miniature composée de palmes et surmontée d'un chiffre. L'écriture est fort belle; elle est italique dans la première partie, et imite l'impression dans la seconde partie.

12. Sancti Bernardi Epistolæ. *S. l. n. d.*, in-fol. goth. à 2 col. demi-rel.

Édition princeps, très-rare, imprimée à Strasbourg en 1474, par Eggestein. Les derniers feuillets sont remontés.

13. Divi Bernardi Opera omnia. *Parisiis*, 1586, 2 vol. in-fol. mar. r. fil. tr. dor. (*Anc. rel.*)

Bel exemplaire en grand papier.

14. Liber beati Augustini de Vita christiana. (*In fine :*) *Impressus Parrisiis, per Joannem Lambert pro D. Roce, (s. a.)*, in-16, goth. mar. br. tr. dor. (*Capé.*)

15. Incipit Tractatus de Imitatione J.-C., editus à quodam monacho Carthusie, in-4, gothique, mar. br. fers à froid, tr. dor. (*Capé.*)

Manuscrit très-précieux du quatorzième siècle sur vélin. Il ne contient que trois livres. A la fin se trouvent, d'une écriture plus moderne, d'autres traités de saint Bernard, de saint Anselme et un autre manuscrit de l'Imitation.

16. Gerson. De Imitatione Christi et de Meditatione cordis. *Parrishiis, per Philippum Pygouchet,* 1492, pet. in-12, mar. (*Anc. rel.*)

Imprimée en gothique, cette édition paraît être la copie de celle de Venise, 1483.

17. Codex de Advocatis seculi XIII de Imitatione Christi et Contemptu mundi, curante de Gregory. *Lutetiæ, Didot,* 1833, gr. in-8, mar. br. tr. dor. (*Bauzonnet.*)

Bel exemplaire en grand papier.

18. De Imitatione Christi et Contemptu mundi. *Londini, Pickering,* 1851, in-12, mar. bl. tr. dor. (*Capé.*)

19. L'Imitation de J.-C., mise en vers françois par Pierre Corneille. *A Rouen, par L. Maurry, pour*

Robert Balard, 1656, pet. in-12 allongé, figures,
mar. r. fil. dent. tr. dor. (*Capé.*)

Bel exemplaire d'une édition rare.

20. L'Imitation de J.-C., traduite et paraphrasée en
vers françois par P. Corneille. *A Rouen*, *et se
vend à Paris*, 1656, 3 part. en 1 vol. pet. in-12,
front. gr. et fig. mar. br. (*Rel. anc.*)

21. Recueil de pièces mystiques. *Troyes, J. Le Coq,
s. d.* 5 part. en 1 vol. pet. in-8, goth. mar. v.
tr. dor. (*Duru.*)

Cy commence une petite instruction et manière de viure pour une
femme séculière. — Sensuyt une dévote méditation sur la mort de N.-S. —
Extrait de plusieurs saints docteurs contenant les grâces du sacrement de
l'autel. — La Vie et Passion de Mme saincte Marguerite. — Les XV effusions
du sang de Notre-Sauveur.

22. INCOMMINCIA uno confessionale volgare del R. P.
Antonio arciveschovo di Firenze. (*Ad finem :*) *Ex-
plicit liber Domini Antonini*, 1488, in-4, goth.
mar. r. fil. tr. dor. (*Derome.*)

Le premier feuillet manque.

23. L'ESGUILLON DE L'AMOUR divin de saint
Bonaventure, 1588, in-12, mar. fil. tr. dor.

Ancienne reliure couverte de dorures, plats semés de marguerites et d'au-
tres attributs dorés ; le titre est remonté. A la fin du volume se trouvent : les
Lamentations de Jérémie en vers libres, par Blaise de Vigenère. *Paris.
Langelier*, 1588.

24. LE LIVRE DE MÉDITATION sur soy-mesme, composé par Me Robert Cybolle, chancelier de Notre-
Dame de Paris. *Pour Simon Vostre* (1510), in-fol.
gothique à 2 col. mar. br. fil. dent. intérieur.
(*Capé.*)

Exemplaire grand de marges, notes manuscrites du seizième siècle.

25. Réflexions sur la miséricorde de Dieu, par une
dame pénitente (madame de la Vallière), sixième
édition, augmentée. *Paris, Ant. Dezallier*, 1693,
in-12, v. br.

Exemplaire très-grand de marges et dans sa première reliure.

26. Réflexions sur la miséricorde de Dieu, ouvrage
de madame de la Vallière, corrigé par Bossuet.

Paris, Belin, 1852, in-16, mar. la Val. large dent.
tr. dor. (*Capé.*)

27. Le Triomphe de la religion sous Louis le Grand.
Paris, Nicolas Langlois, 1687, in-12, mar. r. fil.
tr. dor. (*Anc. rel.*)

28. Divini Eloquii preconis celeberrimi fratris Oli-
verii Maillardi ordinis minorum sermones, decla-
mati Parisiis in ecclesia Sancti Johannis in Gravia
et Lugduni noviter impressi. (*Ad finem :*) *Impressi
Lugduni, per Johannem de Vingle,* 1498, in-4,
mar. r. jans. tr. dor. (*Duru.*)

Exemplaire de M. Coste.

29. Sermones quadragesimales de flagellis pecca-
torum Leonardi de Utino (*A la fin :*) *Impresse
Lugduni per Joannem Marion,* 1518. — Sermones viginti et unus de peccatis fratris Antho-
nii Farinerii. (*A la fin :*) *Impressus Lugduni per
Antonium de Ry,* 1518, 2 part. en 1 vol. pet.
in-8, maroquin citron. (*Rel. anc.*)

Exemplaire de Girardot de Préfond. Ces deux ouvrages sont imprimés en
gothique.

30. Sermon d'Olivier Maillard presché à Bruges en
1500, avec une notice par Jean Labourderie. *Paris,* 1826, in-8, demi-rel. mar. r. non rogné.
(*Thouvenin.*)

Réimpression gothique. Exemplaire en grand papier vélin.

31. Oraison funèbre prononcée en l'église Sainte-
Croix d'Orléans aux obsèques de Henri III, par
Charles de la Saussaye. *Lyon, L. Perrin,* 1860,
in-8, mar. bl. fil. tr. dor. (*Capé.*)

Armes de France sur les plats, tiré à 100 exemplaires.

32. Dissertations sur le Messie, où l'on prouve aux
Juifs que J.-C. est le Messie promis et prédit dans
l'Ancien Testament, par Jaquelot. *La Haye,* 1699,
in-8, frontisp. gravé, mar. v. fil. tr. dor. (*Pasdeloup.*)

Le bas du titre est allongé.

33. Traité du Purgatoire auquel sont confutées les opinions des nouveaux évangélistes de ce temps, par Gentian Hervet. *Reims*, 1562. — Epistre envoyée à un quidam fauteur des nouveaux évangélistes, par Gentian Hervet. *Reims*, 1572, 2 tomes en 1 vol. in-12, mar. r. fil. tr. dor. (*Anc. rel.*)

34. LEONIS ALLATII de Octava Synodo Photiana. *Romæ*, 1662, in-8, mar r. fil.

Exemplaire de Colbert, à son chiffre et à ses armes.

35. STATUTA SYNODALIA civitatis et diœcesis Trecensis noviter impressa, ex ordinatione Domini Odardi Hennequin Trecensis episcopi. *Impressum Trecis, in ædibus Johannis Lecoq*, 1530, in-4, goth. à 2 col. v. f. fil. tr. dor. (*Petit, succ. de Simier.*)

Volume rare. Exemplaire d'une grande beauté. Grosley a tiré des Statuta et publié plusieurs morceaux curieux pour les mœurs de l'époque. (*Recherches sur l'imprimerie à Troyes, par Corrard de Brebau.*)

36. Traité historique de l'établissement et des prérogatives de l'Eglise de Rome et de ses évêques, par Maimbourg. *Paris, Cramoisy*, 1685, in-4, mar. r. fil. tr. dor.

Bel exemplaire aux armes de Colbert.

37. PROLOGUS IN HISTORIAM dive Monice sancti Augustini matris. *S. l. n. d.*, in-4, gothique à 2 col. — Libellus de Apologia religionis fratrum heremitarum ordinis sancti Augustini contra falso impugnantes. (*Ad finem :*) *Impressum Romæ, in domo nobilis viri Francisci de Cinquinis, anno* 1479, in-4, goth. à 2 col. — 2 part. en 1 vol. in-4, maroq. br. fers à froid. (*Capé.*)

38. Légende du bienheureux Raoul de la Roche-Aymon, de l'ordre de Cîteaux. *Lyon, Louis Perrin*, 1858, pet. in-8, mar. la Val. mosaïque de mar. tr. dor. (*Capé.*)

Tiré à 60 exemplaires.

39. Discours sur le saccagement des églises catholiques par les hérétiques anciens et nouveaux Calvinistes en l'an 1562. A Mgr l'illustrissime cardinal de Lorraine, par Claude de Sainctes. *A Paris, chez Claude Fremy*, 1567, pet. in-8, v. f. fil. tr. dor. (*Kœhler.*)

Rare. Les notes sur les marges des volumes ont été rognées.

40. Factum de J.-B. Thiers, contre le chapitre de Chartres demandeur. *S. l. n. d.*, in-12, mar. v. fil. tr. dor. (*Pasdeloup.*)

Très-bel exemplaire.

41. Précis historique des ordres religieux et militaires des saints Lazare et Maurice avant et après leur réunion, par Cibrario. *Lyon, Louis Perrin*, 1860, in-8. mar. v. fil. tr. dor. (*Capé.*)

Exemplaire avec la croix de l'ordre en mosaïque, sur les plats de la reliure.

42. Rapport sur le concours ouvert au sujet de la liberté des cultes, par M. Guizot. *S. l. n. d.*, in-8, mar. v. fil. tr. dor. (*Capé.*)

Manuscrit autographe de 21 feuillets, auquel on a ajouté deux lettres autographes signées.

JURISPRUDENCE.

---

43. Justiniani Institutiones. *Moguntiæ, Petrus Schoyffer*, 1472, gr. in-fol. goth. à 2 col. v. ant. (*Petit.*)

Superbe exemplaire. Réimpression exacte de l'édition de 1468.

44. Antiquitatum Romanarum Pauli Manutii liber de Legibus. *Venetiis*, 1557, in-fol. maroq. r. tr. dor.

Bel exemplaire d'un livre rare.

45. La Pragmatique Sanction en françoys, avec
Guill. Paraldi, de la Pluralité des Benefices. (*A la
fin :*) *Cy fine la Pragmatique Sanction et le troicté
de Guillermus Paraldi, nouvellement imprimé à
Paris, par Gaspard Philippe*, 1508, pet. in-4,
goth. à 2 col. mar. r. jans. tr. dor. (*Capé.*)

Très-bel exemplaire de M. Coste, de Lyon.

46. Les Coustumes et Statuts particuliers de la
plupart des baillages, senechaucées et prevostez
royaulx de France..... *On les vend à Paris, pour
Jean Petit, libraire.* (*A la fin :*) *Furent achevées de
imprimer le huitième jour de Novembre mil cinq
cens XX. VII* (1527), *pour Ambroise Girault*, gr.
in-4, goth. à longues lignes, mar. bl. fil. tr. dor.
(*Capé.*)

Très-bel exemplaire.

47. Collection des Ordonnances de François Ier à
Louis XV. *Paris, Le Boucher*, 1785-88, 16 tomes reliés en 15 vol. in-18, mar. r. tr. dor. (*Anc.
rel.*)

Exemplaire de M. de Monmerqué, en grand papier. Collection très-bien
choisie et difficile à trouver complète et dans cette condition.

48. Cinq Livres du Droit des Offices, par Ch. Loi-
seau. *Châteaudun, pour Abel Langelier*, 1610, in-
fol. mar. vert. tr. dor. (*Anc. rel.*)

Exemplaire en grand papier.

49. De l'Esprit des Loix (par Montesquieu). *Genève,
Barillot et fils, s. d.*, 2 vol. in-4, mar. bl. fil. tr.
dor. (*Capé.*)

Aux armes du duc d'Aumale. Édition originale.

50. Observations sur un livre intitulé : de l'Esprit des Lois. *Paris, Guérin et Delatour*, 1757-
1758, 3 vol. in-8, demi-rel. mar. r. avec coins,
n. rog. (*Bauzonnet.*)

Ouvrage supprimé avec soin par l'auteur (Cl. Dupin, fermier général). On
a joint à l'exemplaire une lettre autographe de l'auteur et une autre de
Mme Dupin.

51. Questions de littérature légale, par Charles Nodier. *Paris, Crapelet*, 1828, gr. in-8, pap. vélin,
   demi-rel. mar. v. n. rogn.

SCIENCES ET ARTS.

—

52. Les Essais de Michel, seigneur de Montaigne.
   Bruxelles, Foppens, 1659, 3 vol. in-12, v. fil. tr.
   dor.

   Édition elzevirienne. Exemplaire grand de marges.

53. De la Sagesse, trois livres, par Pierre Charron.
   A Leide, chez les Elzeviers, 1646, in-12, mar. r.
   fil. tr. dor. (*Anc. rel.*)

54. Maximes et Réflexions morales de la Rochefou-
   cauld. *Paris, Didot*, 1827, in-64, cart. n. rogn.

   Édition microscopique.

55. Maximes et Réflexions morales de la Rochefou-
   cauld. *Paris, Didot*, 1827, in-64, mar. r. foncé,
   plats dorés, tr. dor. (*Thouvenin.*).

   Édition microscopique.

56. La Bruyère. OEuvres, nouvelle édition, publiée
   par Servois. *Paris, Hachette*, 1865, 2 vol. in-8,
   grand papier, brochés.

57. Réflexions sur les sentiments agréables et sur le
   plaisir attaché à la vertu. *A Montbrillant*, 1743,
   in-8, demi-rel. mar. v. tr. sup. dor.

   Édition rare, imprimée par M. de Gauffecourt, dans sa maison de Montbrillant, près de Genève, et tiré seulement à quelques exemplaires.

58. Le Monarque parfait, ou le Devoir d'un prince
   chrestien, composé en latin par le cardinal Bellar-

min et mis en lumière par Jean de Lannel. *Paris,
Cramoisy*, 1625, in-8, mar. r. fil. tr. dor.

Bel exemplaire aux armes de Louis XIII.

59. Baptiste Platine de Cremone. De l'Honneste
Volupté, livre tres necessaire à la vie humaine
pour obseruer bonne santé. *Lyon, Benoist Rigaud*, 1571, in-12, vélin.

Exemplaire grand de marges, avec témoins.

60. Julii Obsequentis Prodigiorum liber. *Lugduni,
apud J. Tornæsium*, 1553, in-16, mar. fil. com-
part. dorés, tr. dor. (*Reliure lyonnaise du XVIe siècle, restaurée.*)

61. DELLE ARTIGLERIE dal MCCC al MDCC, discorso
del cavaliere Luigi Cibrario. *Lione, Luigi Perrin*,
1854, gr. in-4, mar. r. compart. dorés, tr. dor.
(*Capé.*)

Bel exemplaire avec dédicace et une lettre autographe de l'éditeur.

62. Réglements sur les arts et métiers de Paris, rédi-
gés au XIIIe siècle et connus sous le nom de Livre
des métiers d'Etienne Boileau, avec des notes par
Depping. *Paris, Crapelet*, 1837, gr. in-4, pap.
vélin, maroquin, r. fil. tr. dor.

Exemplaire du Roi LOUIS-PHILIPPE.

63. Éclaircissements historiques et critiques sur l'in-
vention des cartes à jouer, par l'abbé Rive. *Paris*,
1780, in-12, mar. v. n. rogn. (*Bauzonnet.*)

Tiré à très-petit nombre. Exemplaire de Coste.

BEAUX-ARTS.

———

LIVRES A FIGURES.

65. LA GAZETTE DES BEAUX-ARTS, courrier européen de l'art et de la curiosité, dirigée par M. Charles Blanc. *Paris,* 1858 à 1870-71, 14 années en 29 vol. — Tables de 1859 à 1868, 2 vol. — Ens. 31 vol. gr. in-8, demi-rel. mar. rouge, tête jaspée, n. rog. 1872 à 1876, 5 années en livr. broch.

Exemplaire de souscription auquel a été ajouté le numéro spécimen imprimé en 1858 et qui n'a point été mis dans le commerce; il se compose de 68 pages.

66. HISTOIRE DES PEINTRES de toutes les écoles, depuis la renaissance jusqu'à nos jours. *Paris, Jules Renouard,* 1853, 450 livraisons en 9 vol. in-fol. demi-rel. mar. r.

67. L'OEUVRE DE REMBRANDT reproduit par la photographie, décrit et commenté par M. Charles Blanc. *Paris, Gide,* 1853-57, 2 vol. in-fol. papier vélin et atlas gr. in-fol. demi-rel. avec coins, mar. rouge, doré en tête, n. rog.

68. GALERIE de SAINT BRUNO, fondateur de l'Ordre des Chartreux, peinte par Le Sueur, dessinée et gravée par Villerey. *Paris,* 1808, in-8, cuir de Russie, tr. dor. (*Bauzonnet.*)

Exemplaire en papier vélin, avec les figures avant la lettre et les eaux-fortes.

69. Gavard. Les Galeries historiques de Versailles. — Histoire de France. *Paris,* 1840, 8 tomes en 6 vol. gr. in-4, demi-rel. mar. br.

Au chiffre du Roi Louis-Philippe Ier.

70. Adolphe Moreau. Decamps et son œuvre, avec
des gravures en fac-simile des planches originales
les plus rares. *Paris, D. Jouaust,* 1869, gr. in-8,
br.

Exemplaire en grand papier Whatmann.

71. De la Peinture et des Peintres des duchés ita-
liens du xiiie au xviie siècle, par Ed. Laforge.
Lyon, Perrin, 1857, in-8, mar. r. fil. tr. dor.
(Capé.)

Tiré à petit nombre et non mis dans le commerce.

72. Des Arts et des Artistes en Espagne jusqu'à la
fin du xviiie siècle, par Edouard Laforge. *Lyon,
Perrin,* 1859, in-8, mar. r. fil. tr. dor. *(Capé.)*

73. Le Peintre graveur français, ou Catalogue rai-
sonné des estampes gravées par les peintres et les
dessinateurs de l'école française, par A.-P.-J. Ro-
bert-Dumesnil. *Paris, Gabr. Warée et Mme Huzard,*
1835-50, 8 vol. in-8, *portrait de l'auteur,* demi-
rel. mar. rouge.

74. Gailhabaud. L'Architecture du ve au xviie siècle
et les arts qui en dépendent. *Paris, Gide,* 1858,
4 vol. in-4, figures, demi-rel. mar. bl. tête dorée,
n. rogn.

75. Musée de sculpture antique et moderne, par
le comte de Clarac. *Paris, Impr. royale,* 1841,
6 vol. gr. in-8 de texte et 6 atlas obl. demi-rel.
mar. n. rog.

76. Galerie française, ou Collection de portraits
des hommes et des femmes qui ont illustré la
France du xvie au xviiie siècle, avec des notices et
des fac-simile. *Paris, Didot,* 1821, 3 vol. in-4,
demi-rel. v. n. rogn. *Portraits.*

77. Iconographie française, ou Choix de deux cents
portraits d'hommes et de femmes qui se sont fait
remarquer en France depuis le règne de Charles VII jusqu'à la fin de celui de Louis XVI, ac-

compagnés d'autant de fac-simile et lithographiés
par MM. Maurin, Belliard et Bazin, publié par
Mme Delpech. *Paris,* 1840, 2 vol. gr. in-fol. demi-
rel. mar. vert, n. rog.

78. Iconographie des contemporains depuis 1789
jusqu'en 1829, avec les fac-simile de l'écriture,
publiée par J.-S. Delpech. *Paris,* 1832, 2 vol. gr.
in-fol. demi-rel. v. rouge foncé, n. rog.

79. Célébrités contemporaines, ou Portraits des
personnes de notre époque les plus illustres par
leur rang, leurs dignités, leur savoir et leurs ta-
lents, avec un fac-simile de leur écriture, lithogra-
phies par MM. Maurin et Belliard et publiés par
Mme Delpech. *Paris,* 1842, gr. in-fol. demi-rel.
avec coins, mar. viol. n. rog.

80. Collection raisonnée des uniformes français de
1814 à 1824. *Paris, Asselin et Pochard,* 1825,
gr. in-8, pl. en coul. demi-rel. avec coins, mar.
viol. fil. n. rog.

Exemplaire provenant de la bibliothèque du Palais-Royal dont le titre
porte le cachet, avec les initiales couronnées du Roi Louis-Philippe sur le dos
de la reliure.

81. LA CARICATURE. Prospectus, 4 novembre 1830
au 27 août 1835. — La Caricature (non politique),
1er novembre 1838 au 24 septembre 1843. 10 vol.
in-fol. demi-rel. figures noires et en couleurs.

Exemplaire bien complet. C'est celui de Dutacq, n° 577, de son Catalogue.
Cette collection est de la plus grande rareté, et cet exemplaire est UNIQUE.
En effet, il contient un grand nombre de planches doubles coloriées, tous les
numéros saisis. Trois lettres autographes de Philipon, fondateur du journal,
et les 14 planches de Henri Monnier (5 en 1838, 9 en 1810) ont été coloriées par l'auteur même.

La Caricature non politique, à laquelle Balzac a beaucoup contribué, n'est
ni moins rare ni moins précieuse que la première.

BELLES-LETTRES.

POÈTES ANCIENS.

82. Epigrammata et Poematia vetera. *Parisiis, ex-cudebat D. Duvallius,* 1590, in-12, mar. r. fil. tr. dor. (*Muller.*)

Publié par Pithou. Cet exemplaire contient le supplément de 16 pages ntercalé après la page 240, qui ne se trouve pas dans tous les exemplaires.

83. Clarissimi viri Hygini Poeticon astronomicon. *Venetiis, Erhard Radtolt de Augusta,* 1485, in-4, mar. br. fil. tr. dor. (*Capé.*)

Bel exemplaire. Édition remarquable pour ses figures.

84. PUBL. VIRGILII MARONIS Opera. *Londini, Knapton,* 1750, 2 vol. gr. in-8, figures, mar. bl. tr. dor. (*Padeloup.*)

Très-bel exemplaire.

85. Quinti Horatii Flacci Opera. *Londini, Sandby,* 1749, 2 tomes en 1 vol. gr. in-8, maroquin r. dent. tr. dor. (*Rel. anglaise.*)

Édition ornée de figures d'après l'antique.

86. Quinti Horatii Flacci Opera omnia. *Parisiis, Mesnier,* 1828, in-64, maroquin, bl. fil. tr. dor.

Édition microscopique.

87. LES ODES D'HORACE, traduction nouvelle par Jules Janin, *Paris, Hachette,* 1860, in-12, broché.

Exemplaire en papier fort, avec un envoi autographe de 22 vers, signés de ules Janin.

88. OVIDII Nasonis Fastorum libri. *Apud Seb. Gry-phium,* 1554, in-16, veau, br. fers à froid, tranche ciselée. (*Reliure du XVI° siècle.*)

89. Florilegium Epigrammatum Martialis. Josephus Scaliger græcè vertit. *Lutetiæ, ex typogr. Roberti*

Stephani, 1607, pet. in-8, mar. br. fil. tr. dor. (*Capé.*)

90. MARCI ANNEI LUCANI Pharsalia. *Venundantur in vico Sancti Jacobi.* (Ad finem :) *Parrhisiis, per Guielmum le Rouge*, 1512, pet. in-8, mar. r. fil. tr. dor. (*Thouvenin.*)

Édition très-rare, imprimée en caractères bizarres. Les premiers et les derniers feuillets sont restaurés.

91. L'Arcadie de Sannazar, traduite de l'italien. *Paris, Nyon*, 1737, in-12, maroq. r. (*Anc. rel.*)

92. JOANNIS VULTEII Remensis Epigrammatum libri II. *Lugd., apud Seb. Gryphum*, 1536, pet. in-8, maroquin rouge, tr. dor.

Édition originale, fort rare. Le titre et quelques feuillets sont raccommodés. Une note manuscrite du seizième siècle, écrite sur le v° du 3ᵉ feuillet, donne des détails sur la mort de Jean Voulté, à Tarascon.

93. J. Vulteii Remensis Epigrammatum libri IV. Ejusdem Xenia. *Lugduni.* (A la fin :) *Excudebat Johannes Barbou*, 1537, pet. in-8, maroq. rouge, tr. dor. (*Capé.*)

Seconde édition de ces poésies. Elle est imprimée par le premier des Barbou dont le nom figure sur un livre. A la fin du volume se trouve : Oratio funebris à Vulteio de Jac. Minutio Tholosæ habita, 1537. Pièce fort rare.

POÈTES FRANÇAIS.

95. Les Poëtes françois, depuis le xiiᵉ siècle jusqu'à Malherbe. *Paris, Crapelet*, 1824, 6 vol. in-8, demi-rel. mar. r. n. rogn.

Exemplaire en grand papier vélin.

96. OEuvres de Louize Labé. *Paris, Simon Raçon, s. d.*, pet. in-8, mar. citr. fil. tr. dor. (*Capé.*)

Texte encadré, tiré à 120 exemplaires, n° 44. Édition donnée par MM. Cailhava et Monfalcon.

97. Rymes de gentile et vertueuse dame D. Pernette du Guillet, Lyonnoise. *Lyon, Louis Perrin*, 1856, in-8, maroq. citr. tr. dor. (*Capé.*)

Tiré à 125 exemplaires.

98. Les Considérations des quatre mondes, a sauoir
est Divin, Angelique, Celeste, Sensible, comprinses
en quatre centuries de quatrains contenans la
cresme de diuine et humaine philosophie, par
Guillaume de la Perrière Tolosan. *A Lyon, par
Macé Bonhomme*, 1552, pet. in-8, mar. v. tr.
dor.

Rare. Le texte est encadré dans des arabesques variées. Le titre est rac-
commodé.

99. LES OEUVRES FRANÇOISES de Joach. du Bellay.
Paris, Frederic Morel, 1584, 1 tome en 2 vol.
in-12, mar. vert, fil. tr. dor. (*Capé.*)

Bel exemplaire grand de marges.

100. OEuvres du chanoine Loys Papon, poëte foré-
sien du xvie siècle, publ. par les soins et aux frais
de M. Yemeniz. *Lyon, Louis Perrin*, 1857. — Supplément, 1860, 2 vol. in-8, mar. br. fil. tr. dor.
(*Capé.*)

Bel exemplaire, avec une lettre d'envoi de M. Yemeniz.

101. LES OEUVRES DE RENÉ DE LA CHÈZE, Rémois.
A Reims, chez Nicolas Hécart, 1630, pet. in-8,
mar. br. tr. dor. (*Anc. rel.*)

Les poésies de La Chèze sont rares. Le volume est divisé en trois parties :
1° les Larmes de Sion ; 2° les Tableaux raccourcis de la vie humaine ; 3° les
Leçons morales du sage Théotime. — Exemplaire de Viollet-le-Duc, qui, dans
sa *Bibliothèque poétique*, le cite avantageusement.

102. LES OEUVRES DE BOILEAU-DESPRÉAUX. *Paris, de
l'imprimerie de Didot l'aîné*, 1788, 3 vol. petit
in-12, papier vélin, mar. bl. tr. dor. (*Capé.*)

La reliure est couverte de fleurs-de-lis et d'L couronnées, avec le chiffre
du Dauphin.

103. OEuvres de Boileau-Despréaux, avec neuf figures
dessinées et gravées par les meilleurs artistes. *Paris, Crapelet*, 1798, in-4, papier vélin, mar. r. fil.
tr. dor. (*Bozérian.*)

Figures de Monsiau avant la lettre.

104. FABLES CHOISIES, mises en vers par J. de la
Fontaine. *A Paris, chez Desaint et Saillant*, 1755-

59, 4 vol. in-fol. *figures par Oudry*, mar. rouge,
large dentelle, dos orné, dent. int. tr. dor. (*Pasdeloup.*)

Exemplaire en grand papier. Les estampes ont été très-bien coloriées. La reliure est superbe. Cet exemplaire porte sur le dos les armes du duc de Berry.

105. Fables de la Fontaine, édition illustrée par
Grandville. *Paris, Fournier*, 1838, 2 vol. in-8,
figures, demi-rel. chagrin bl.

Premier tirage complet; longue note de deux pages sur Grandville, de la main de M. Moignon, en tête du premier volume.

106. Fables de J. de la Fontaine. *Paris*, 1850, in-64,
mar. r. large dentelle, tr. dor. (*Capé.*)

Bel exemplaire, édition microscopique.

107. Contes de M. de la Fontaine, enrichis de figures
en taille-douce (par Romeyn de Hooge). *A Ams-
sterdam, Desbordes*, 1685, 2 tom. en 1 vol. pet.
in-8, mar. r. fil. tr. sup. dor. non rogné. (*Capé.*)

Deuxième édition sous cette date. Cet exemplaire a été lavé.

108. CONTES ET NOUVELLES EN VERS par M. de
la Fontaine. *Amsterdam*, 1762, 2 vol. in-8, mar.
r. fil. tr. dor.

Exemplaire très-précieux (presque non rogné) de l'édition dite des *Fer-miers généraux*. On y a inséré 12 figures doubles : le Tombeau de la Fontaine, petite pièce rare; neuf dessins coloriés et des culs-de-lampe tirés à part, dont le portrait de Choffard, avec la légende sur fond blanc et l'EAU-FORTE (très-rare) de ce portrait. Au premier volume se trouve un joli dessin d'Eisen sur vélin (entourage de titre).

109. Premières Poésies, par Auguste Villiers de
l'Isle-Adam. *Lyon, Scheuring,* 1859, in-8, mar.
vert, fil. tr. dor. (*Capé.*)

110. OEUVRES COMPLÈTES de Béranger. *Paris, Perro-
tin,* 1847, 2 vol. gr. in-8, demi-rel. mar. r. tr.
sup. dor. n. rogné.

Trois suites de vignettes. Épreuves de premier tirage.
La Grande Orgie, DESSIN ORIGINAL de Granville, ajouté au premier volume.

111. Simple Bouquet. *Lyon, Louis Perrin,* 1858,
in-8, mar. vert, fil. tr. dor. (*Capé.*)

112. Les Contes rémois (par le comte de Chevigné),
dessins de Meissonnier. *Paris, Michel Lévy,* 1858,
in-12, demi-rel. mar. or. tr. sup. dor. n. rogné.

Troisième édition. Premières épreuves des gravures.

---

113. Il Petrarca, con nuove sposizioni. *In Lyone,*
1574, in-16, mar. bl. tr. dor. (*Duru.*)

Exemplaire de M. Coste (884).

THÉATRE.

115. Publii Terentii Comœdiæ. *Amsterodami, apud
Jansonnium,* 1631, in-16, mar. r. fil. tr. dor.
(*Aux armes de Tallemant des Réaux.*)

116. Publii Terentii Comœdiæ. *Londini, Knapton,*
1751, 2 tomes en 1 vol. gr. in-8, figures, mar. bl.
fil. tr. dor. (*Pasdeloup.*)

Très-bel exemplaire.

117. Tragoediæ Senecæ, cum commento. (Ad finem:)
*Impressum Lugduni per Antonium Lambillon et
Marinum Sarazin socios, anno millesimo cccclxxxi*
(1481), gr. in-4, car. r. veau.

Exemplaire grand de marges et bien conservé. Première édition, avec
date certaine. De la vente Coste.

118. OEuvres complètes de Molière, avec les notes
de tous les commentateurs, édition publiée par
L. Aimé-Martin. *Paris, Lefèvre,* 1824, 8 vol. gr.
in-8, demi-rel. mar. citron, n. rogné. (*Simier.*)

Exemplaire en grand jésus vélin. Figures de Desenne avant la lettre
ajoutées.

119. OEuvres complètes de Molière, édition revue
sur les textes originaux, précédée de l'Eloge de
Molière par Chamfort et de sa Vie par Voltaire.
Paris, Sautelet, 1821, in-8, demi-rel. mar. bl. tr.
sup. dor. n. rogné.

Exemplaire sur papier de Chine, avec les figures de Desenne, sur chine,
ajoutées.

120. THÉATRE DE J.-B. POQUELIN DE MOLIÈRE,
édition ornée de gravures à l'eau-forte par Fr.
Hillemacher. *Lyon, Scheuring,* 1864, 8 vol. in-8
brochés.

Exemplaire en grand papier de Hollande (n° 17, sur 30).

121. Galerie historique des portraits des comédiens
de la troupe de Molière, par Fr. Hillemacher.
Lyon, Louis Perrin, in-8, portraits, mar. r. fil. tr.
dor. (*Capé.*)

N° 23, sur cent exemplaires. Très-belle reliure.

122. Galerie historique des portraits des comédiens
de la troupe de Molière, gravés à l'eau-forte par
Fr. Hillemacher. *Lyon, Scheuring,* 1869, in-8 br.

Exemplaire en grand papier.

123. Galerie historique des portraits des comédiens
de la troupe de Voltaire, gravés à l'eau-forte par
Hillemacher. *Lyon, Scheuring,* 1861, in-8, portraits, br.

124. Galerie historique des comédiens de la troupe
de Talma, portraits gravés à l'eau-forte par Hillemacher. *Lyon, Scheuring,* 1866, in-8, portraits,
broché.

ROMANS.

125. Le Livre du très-chevalereux comte d'Artois et
de sa femme, fille au comte de Boulogne (publié
d'après les mss. et pour la première fois). *Paris,
Techener,* 1837, gr. in-4, figures, demi-rel. v. f.

Exemplaire non rogné. Impression gothique.

126. L'Histoire de Palanus, comte de Lyon, mise en
lumière par Alfred de Terrebasse. *Lyon, chez Louis
Perrin,* 1833, in-8, v. f. fil. tr. dor. (*Kœhler.*)

Exemplaire en papier de Hollande.

127. Recherches bibliographiques et critiques sur les
éditions originales des cinq livres du Roman sati-

rique de Rabelais, par J.-Ch. Brunet. *Paris, Po-
tier,* 1852, gr. in-8, demi-rel. chagr. r.

Exemplaire en grand papier vélin.

128. HEPTAMÉRON FRANÇOIS. Les Nouvelles de
Marguerite, reine de Navarre. *Berne,* 1780, 3 vol.
in-8, mar. citr. fil. tr. dor. (*Capé.*)

Bel exemplaire. Le titre du tome Ier a été rélargi et quelques planches
sont plus courtes.

129. L'Heptaméron des Nouvelles de très-illustre
princesse Marguerite d'Angoulême, reine de Navarre. *Paris,* 1853, 3 vol. pet. in-8, figures, demi-
rel. mar. tête dor. n. rogn. (*Capé.*)

Édition donnée par la Société des bibliophiles français.

130. Les Contes des Fées, en prose et en vers, par
Charles Perrault. *Paris, Impr. imp.,* 1864, in-8,
portrait, broché.

Édition devenue très-rare.

131. LETTRES PERSANES (par Montesquieu). *A
Amsterdam, chez Pierre Brunel,* 1721, 2 vol.
in-12, cuir de Russie, fil. tr. dor. (*Trautz-Bau-
zonnet.*)

Très-bel exemplaire, grand de marges, de la bibliothèque d'Armand Bertin.
Titres rouges et noirs. Édition originale.

132. Les Contes drolatiques de Balzac, cinquième
édition, illustrée de 425 dessins par G. Doré. *Paris,* 1855, in-8, mar. fil. (*Capé.*)

Bel exemplaire non rogné.

---

133. L'Ingénieux Hidalgo don Quichotte de la
Manche, par Miguel de Cervantes Saavedra, trad.
et annoté par L. Viardot. *Paris, Dubochet,* 1836,
2 vol. gr. in-8, cart. tr. dor.

Exemplaire sur papier de Chine.

ÉPISTOLAIRES. — COLLECTIONS.

134. LETTRES TROUVÉES DANS UN PORTEFEUILLE. *S. l.*, 1783, in-8, mar. r. fil. tr. dor. (*Bradel.*)

Manuscrit sur papier de 80 pages. Il a été écrit par FYOT, en caractères imitant l'impression.

135. MENAGIANA, ou les Bons Mots et remarquables critiques de M. Ménage. *Paris, Delaulne,* 1729, 4 vol. in-12, mar. r. jans. tr. dor. (*Duru.*)

Exemplaire Armand Bertin (1399). Il est très-grand de marges et contient les cartons.

136. COLLECTION des anciens monuments de l'histoire et de la langue françoise, publiée par Crapelet. *Paris,* 1825-31, 14 vol, gr. in-8, demi-rel. mar. tr. sup. dor. n. rogné.

La reliure n'est pas uniforme.

137. LE TRÉSOR des pièces rares et inédites. *Paris, Aubry,* 1853-65, 19 vol. pet. in-8 cartonnés.

138. Collection des petits classiques françois (publ. par Ch. Nodier). *Paris, Delangle,* 1825, 8 vol. in-12, pap. de Holl. demi-rel. mar. r. non rogné. (*Simier.*)

139. Société des bibliophiles de Reims. — Saint-Patrice, Emeute de 1649, Mémoires de Maucroix, Entrée du Roy, etc. — 10 part. en 3 vol. petit in-8, v. f. tr. dor. (*Closs.*)

Tiré à petit nombre.

140. La Pléiade, ballades, fabliaux, nouvelles et légendes. *Paris, Curmer,* 1842, pet. in-8, figures, demi-rel.

141. LES OEUVRES D'ESTIENNE PASQUIER. *Amsterdam,* 1723, 2 vol. gr. in-fol. v. fauve.

Très-bel exemplaire en grand papier, aux armes du CHANCELIER D'AGUESSEAU.

HISTOIRE.

142. Voyage dans la Russie méridionale et la Cri-
mée, par la Hongrie, la Valachie et la Moldavie,
exécuté en 1837 par M. Anatole de Demidoff, édition illustrée de soixante-quatre dessins par Raffet,
dédiée à S. M. Nicolas Ier, empereur de toutes les
Russies. *Paris, Ern. Bourdin,* 1840-1842, 4 vol.
gr. in-8 et atlas gr. in-fol. dessiné et lithographié
par Raffet et publié par Gihaut, fr. demi-rel. avec
coins mar. bleu, dos orné, tr. jaspée.

143. L'Art de vérifier les dates des faits historiques depuis la naissance de Notre-Seigneur, par
un religieux bénédictin de la congrégation de Saint-
Maur, troisième édition. *Paris,* 1783, 3 vol. in-fol.
cuir de Russie, tr. dor.

Exemplaire en grand papier, aux armes de LORD GRENVILLE.

144. Histoires tragiques extraictes des œuvres ita-
liennes de Bandel et mises en langue françoise.
Lyon, Benoist Rigaud, 1596, 7 tomes en 13 vol.
in-16. — Histoires prodigieuses extraictes de plusieurs fameux autheurs, par Boaistuau, etc. *Paris,
veuve Cavellat,* 1598, 6 tomes en 3 vol. in-16. —
Ensemble 13 tomes en 16 vol. in-16, v. f. tr. dor.
(*Anc. rel.*)

Exemplaire uniforme, un peu court de marges. La deuxième feuille du
tome Ier est remplacée par des feuillets manuscrits du dix-septième siècle.

---

145. Romanæ Historiæ Scriptores græci minores
(gr. et lat.). *Francof.,* 1570, in-fol. veau marbré.
(*Aux armes de Longepierre.*)

Bel exemplaire.

146. APPIANI sophistæ Historia romana, latiné.
(Ad finem :) *Impressum Venetiis per Bernardum*

Pictorem et Ehrbardum Ratdolt, 1477, in-fol.
maroquin brun, fers à froid, tr. dor. (*Capé.*)

Superbe exemplaire.

147. Cy commence les rubrices du liure VALERIUS
MAXIMUS, translaté de latin en françois, ou quel
il traicte des Rommains et des Carthaginois et de
plusieurs autres nations et de leurs guerres. (A la
fin :) *Et a esté imprimé à Lyon sur le Rosne par
discrète personne Me Matthieu Huss, imprimeur de
liures, demourant en la dicte ville de Lyon, lan
mil quatre cent quatre vingt et ung,* 2 tom. en 1 vol.
in-fol. goth. à 2 col. mar. r. tr. dor. (*Anc. rel.*)

Exemplaire aux armes de Forbin d'Oppède, président au Parlement de
Provence. Les titres des deux volumes manquent, et il y a une transposition
de la signature T. qui se trouve après le P. Exemplaire de la vente Coste.

148. Titi Livii Historiarum libri. *Venetiis, Vendelin
de Spire,* 1470, 2 vol. in-fol. mar. br. janséniste.

Belle édition, la première qui soit datée. Vente Solar (2550).

149. C. Sallustius Crispus cum veterum historico-
rum fragmentis. *Lugd. Bat., ex officina Elzeviriana,*
1634, in-12, front. gravé, mar. r. fil. tr. dor.

Bel exemplaire de la meilleure édition sous cette date. Aux armes du
cardinal de Richelieu.

150. Traduction des Philippiques de Démosthènes,
d'une des Verrines de Cicéron, par les sieurs de
Maucroy et de la Fontaine. — OEuvres de prose
et de poésie des sieurs de Maucroix et de la Fontaine; tome IIe. *Amsterdam (suivant la copie de Paris), Pierre Mortier,* 1688, 2 tomes en 1 vol. in-12,
mar. r. fil. tr. dor. (*Simier.*)

Exemplaire grand de marges. Vente Walckenaer.

151. La Morale de Tacite, de la Flatterie, par Ame-
lot de la Houssaye. *Paris, veuve Edme Martin,*
1686, in-12, maroq. r. fil. tr. dor. (*Anc. rel.*)

152. Recherches sur la monnaie romaine, depuis
son origine jusqu'à la mort d'Auguste, par le ba-

ron d'Ailly. *Lyon, Scheuring*, 1866, 2 tomes en
4 vol. gr. in-4, cart. (113 *planches.*)

---

153. Prioli Historia Galliæ, libri XII. *Ultrajecti, ex
officina Elzeviriana*, 1669, in-12, titre gravé, mar.
v. fil. tr. dor. (*Bozérian.*)

154. ARCHIVES CURIEUSES de l'histoire de France, depuis Louis XI jusqu'à Louis XVIII, par M.-L. Cim-
ber et Danjou. 1re série. *Paris*, 1834-1836, 12 vol.
— 2e série. *Paris*, 1837, 15 vol. — Ens. 27 vol.
in-8, demi-rel. v. f. tr. jasp.

Recueil important, dans lequel on trouve un grand nombre de pièces rares,
dont la réunion, en la supposant possible, coûterait à elle seule plus de
10,000 fr. Les titres des pièces y sont exactement reproduits en fac-simile.
La première série de la collection contient 290 pièces.
La deuxième série   —   —   175 —
(Note ms.)

155. COLLECTION des meilleures dissertations, notices
et traités particuliers relatifs à l'histoire de France,
publiée par C. Leber. *Paris, A. Dentu*, 1838,
20 vol. in-8, demi-rel. v. f.

156. REVUE RÉTROSPECTIVE, ou Bibliothèque historique, contenant des mémoires et documents au-
thentiques, inédits et originaux (publiés par
M. Taschereau). 1re série. *Paris, Fournier*, 1833-
34, 5 vol. — 2e série, 1835-1837, 12 vol. — 3e série, 1838, 3 vol. — Ens. 20 vol. in-8, demi-rel.
v. f. tr. jasp.

Ce recueil, très-intéressant, contient plus de 317 pièces, notamment le
Journal de Paris, par Mathieu Marais. (Note ms.)

157. LE THÉATRE D'HONNEUR et de magnificence pré-
paré au sacre des roys, par dom Guillaume Mar-
lot. *Reims, Bernard*, 1643, in-4, maroquin r. fil.
tr. dor. (*Anc. rel.*)

Bel exemplaire, aux armes du cardinal de Rochechouart, évêque de Laon.

158. L'ÉTAT DE LA FRANCE, par les bénédictins de
Saint-Maur. *Paris*, 1759, 6 vol. in-12, mar. bl.
tr. dor. (*Anc. rel.*)

Bel exemplaire.

159. HISTOIRE CHRONOLOGIQUE de la grande chancel-
lerie de France, par Abr. Tessereau. *Paris, Pierre
le Petit*, 1676, gr. in-fol. mar. r. fil. tr. dor. (*Aux
armes de France.*)

Très-bel exemplaire en grand papier.

160. TREIZE LIVRES des parlements de France, par
Bernard de La Roche-Flavin. *A Bourdeaux*, 1617,
in-fol. maroq. r. fil. tr. dor. (*Anc. rel.*)

Très-bel exemplaire.

161. BIBLIOTHÈQUE HISTORIQUE de la France, par
Fevret de Fontette. *Paris*, 1768-78, 5 vol. in-fol.
v. m.

Aux armes de France.

162. Correspondance du roi Charles IX et du sieur
de Mandelot, gouverneur de Lyon en 1572. *Paris,
Crapelet*, 1830, gr. in-8, demi-rel. mar. v. n.
rogn.

L'un des 14 exemplaires sur jésus vélin.

163. De Tristibus Franciæ libri IV, editi cura et
sumptibus L. Cailhava. *Lugd., per Jodocum Perrin*,
1840, in-4, fig. cuir de Russie, tr. dor. (*Lebrun.*)

Tiré à 120 exemplaires.

164. HISTOIRE DU ROY HENRI LE GRAND, composée
par Hardouin de Péréfixe. *Amsterdam, Louis et
Daniel Elzevier*, 1661, in-12, mar. br. couvert de
fleurs-de-lis, chiffre de Henri IV sur le dos et sur
les plats, armes de France et de Navarre, tr. dor.
(*Capé.*)

Très-bel exemplaire.

165. Satyre Menippée. De la Vertu du Catholicon
d'Espagne et de la tenue des estats de Paris, augmentée d'un commentaire historique par Ch. Nodier. *Paris, Delangle*, 1824, 2 vol. gr. in-8, demi-
rel. mar. v.

Exemplaire en grand papier vélin, figures sur chine.

166. Pièces historiques rares et inédites pour servir
à l'instruction du temps présent. *Paris, Crapelet,*
1830, gr. in-8, demi-rel. mar. v. n. rogn.

L'un des 14 exemplaires sur jésus vélin. Recueil de 8 pièces sur les
ésuites.

167. Aphorisme, ou Sommaires de la doctrine des
jésuites et de quelques autres docteurs de l'Eglise
romaine, 1610. — Prosopopée de la pyramide du
palais. — Arrest de la Cour du Parlement contre
le livre de J. Mariana. — Anticoton..., où il est
prouvé que les jésuites sont coulpables du parricide exécrable commis en la personne de Henry IV,
1610. — Le Remerciement des Beurrières de Paris
au sieur de Courbouzon-Montgommery. *A Niort,*
1610. — Remonstrance à Messieurs de la Cour de
Parlement, sur le parricide commis en la personne
du roy Henry le Grand, 1610. — Pièce en vers
contre les jésuites, 8 pages. — 7 pièces en 1 vol.
pet. in-8, v. ant.

La dernière pièce n'a pas de titre.

168. La France mourante, consultation historique à
trois personnages. *Se trouve chez tout le monde et
principalement à l'hospice. Paris, Crapelet,* 1829,
gr. in-8, jésus vélin, demi-rel. mar. v. n. rogn.

169. Mémoires de M. D. L. R. (de la Rochefou-
cauld). *Cologne, chez Pierre van Dyck.* 1664,
in-12, mar. v. fil. tr. dor. (*Anc. rel.*)

170. COURSES DE TESTES ET DE BAGUE, faites par le
roy et par les princes et seigneurs de sa cour en
l'année 1662 (par Perrault). *A Paris, de l'Impr.
royale,* 1670, gr. in-fol. figures, mar. rouge, fil.
tr. dor. (*Reliure ancienne.*)

171. Sacre et Couronnement de Louis XVI à Reims,
enrichi d'un très grand nombre de gravures. *Paris, Vente,* 1775, gr. in-8, fig. demi-rel. v. f. n.
rogn.

172. Fac-simile du testament de Louis XVI. — Copie figurée du testament de la reine. — Supplément. — Mandement des vicaires généraux du chapitre métropolitain de Paris. — Fac-simile de trois lettres autographes. — Projet d'inscription pour le monument à élever à la mémoire de Louis XVI, 1817. — *Paris,* 1815-1817, 5 parties en 1 vol. in-4, demi-rel.

Exemplaire orné d'une lettre autographe de Louis XVI. — Une figure allégorique, composée par Messin, bijoutier de la Reine, en 1790 (avant la lettre). — Deux gravures : l'une, ancienne, des Adieux du Roi; l'autre, de Desenne (avant la lettre), des Adieux de la Reine. — La dernière pièce du recueil est de Camille-Hilaire Durand.

173. Correspondance de Napoléon Ier, publiée par ordre de l'empereur Napoléon III. *Paris, Impr. impériale,* 1858-59, 32 vol. in-4, tomes I au tome XXVII en chagr. rouge, fil. armoiries impériales sur les plats et chiffres couronnés sur les dos, tr. dor. et les 4 derniers vol. br.

174. Commentaires de Napoléon Ier. *Paris, Imprimerie impériale,* 1867, 6 vol. in-4, papier vélin fin, chagr. rouge, fil. armoiries impériales sur les plats, initiales couronnées sur le dos, tr. dor.

175. Journal de l'expédition aux Portes de Fer, rédigé par Charles Nodier. *Paris, Impr. imp.,* 1844, gr. in-8, mar. r. compart. dorés, tr. dor. (*Capé.*)

Bel exemplaire, au chiffre du duc d'Orléans. Les figures, de Raffet et Decamps, sont sur chine avant la lettre.

176. Revue rétrospective, ou Archives secrètes du dernier gouvernement, 1830-1848 (publiée par M. Taschereau). 33 numéros gr. in-8 en 1 vol. demi-rel. mar. r. avec coins, tr. sup. dor. n. rogn. (*Capé.*)

Bel exemplaire qui contient, en outre, la copie de la procédure contre Blanqui, ainsi que des lettres ou fac-simile, la copie de l'arrêt de non-lieu rendu en faveur des derniers ministres de Louis-Philippe. Toutes ces pièces ont été données par M. Berriat Saint-Prix à M. Moignon.

177. Histoire de la ville et de tout le diocèse de Paris, par l'abbé Lebeuf. *Paris*, 1874, 15 vol. in-12, v.

178. Entrée de Charles IX à Paris, le 6 mars 1571. *Paris, Aubry*, 1858, pet. in-8, mar. bl. fil. tr. dor. (*Capé*.)

N° 21, sur 50 exemplaires. Réimpression par Louis Perrin.

179. Laborde (le comte de). Le Palais Mazarin et les habitations de ville et de campagne au xvii° siècle. *Paris*, 1845, gr. in-8 à 2 col. fig. mar. v. fil. tr. dor. (*Capé*.)

Très-rare. Cachet de Ph. Lecas sur le titre.

180. La Touraine, Histoire et Monuments, publié sous la direction de l'abbé Bourassé. *Tours, Mame,* 1855, in-fol. fig. mar. v. fil. tr. dor. (*Armoiries*.)

181. Le Château de Chambord, par L. de la Saussaye. *Lyon, Louis Perrin*, 1859, in-8, mar. bl. fil. tr. dor. (*Capé*.)

182. Voyages pittoresques et romantiques dans l'ancienne France, par MM. Ch. Nodier, J. Taylor et Alph. de Cailleux. — Ancienne Normandie. *Paris, de l'impr. de P. Didot l'aîné*, 1820-25, 2 vol. — Franche-Comté, 1825, 1 vol. — Champagne, *Paris, Firm.-Didot, fr.*, 1857, 2 vol. — Ens. 5 forts vol. gr. in-fol. demi-rel. mar. rouge, n. rogn.

La reliure n'est pas uniforme.

183. Entrées de Marie d'Angleterre, femme de Louis XII, à Abbeville et à Paris; publiées et annotées par H. Cocheris. *Paris, Aubry*, 1859, pet. in-8, mar. bl. tr. dor. (*Capé*.)

N° 21, sur 100 exemplaires. Imprimé par Louis Perrin, à Lyon.

184. Inscriptions antiques de Lyon, recueillies par Alph. de Boissieu. *Lyon, Perrin*, 1846-54, gr. in-fol. demi-rel. mar. tr. sup. dor. n. rogn. (*Capé*.)

185. Recueil de documents pour servir à l'histoire de l'ancien gouvernement de Lyon. *Lyon, Perrin*, 1854, gr. in-fol. demi-rel. mar. bl. tr. sup. dor. n. rogn. (*Capé.*)

186. Histoire du Beaujolais et des sires de Beaujeu, suivie de l'armorial de la province, par le baron Ferdinand de la Roche la Carelle. *Imprimerie de Louis Perrin, à Lyon,* 1853, 2 vol. gr. in-8, demi-rel. mar. r. tr. sup. dor. n. rogn. (*Capé.*)

187. Les Fiefs du Forez, d'après le manuscrit inédit de M. Sonyer du Lac, par d'Assier de Valenches. *Lyon, Perrin,* 1858. — Recherches concernant principalement l'ordre de la noblesse sur l'Assemblée bailliagère de la province du Forez, convoquée à Montbrison en 1789. *Lyon, Perrin,* 1860. — Ensemble 2 vol. in-fol. mar. r. fil. tr. dor. (*Capé.*)

Tirés à petit nombre et non mis en vente. Très-beaux exemplaires. Reliure uniforme.

188. Mémorial de Dombes, par d'Asssier de Valenches. *Lyon, Perrin,* 1854, gr. in-8, demi-rel. mar. r. tr. sup. dor. n. rogn. (*Capé.*)

189. Sensuit le devis des histoires faittes en la citté de Vienne, le premier jour de décembre 1490. *Lyon sur le Rosne,* 1850, in-8, mar. br. fil. dor. (*Capé.*)

190. Les Routiers au XIVᵉ siècle, les Tard-Venus et la bataille de Brignais, par P. Allut. *Lyon, Scheuring,* 1852, in-8, mar. br. fil. tr. dor.

191. Histoire civile et politique de la ville de Reims, par Anquetil, chanoine. *A Reims,* 1756. 3 vol. in-12, maroquin, r. large dentelle, tr. dor. (Padeloup.)

Superbe exemplaire de présent, aux armes de Machault, contrôleur général, garde des sceaux. Le frontispice est tiré sur soie, et on a joint à l'exemplaire une lettre autographe de l'auteur.

192. Histoire entière et véritable du procez de
Charles Stuart, roy d'Angleterre, le tout traduit
de l'anglois. *Sur l'imprimé à Londres,* 1650, in-12,
mar. r. tr. dor. (*Duru.*)

193. Recherches sur les sources antiques de la littérature française, par J. Berger de Xivrey. *Paris,
Crapelet,* 1829, gr. in-8, pap. vél. demi-rel.
mar. v.

194. Cours de littérature française du moyen âge,
par Villemain. *Paris, Crapelet,* 1830, 2 vol. gr.
in-8, demi-rel. mar. v. n. rogn.

L'un des 25 exemplaires *grand jésus vélin.*

195. Éléments de paléographie, par Natalis de Wailly.
Paris, Impr. roy., 1838, 2 vol. in-fol. demi-rel. mar.
br. tr. sup. dor. (*Capé.*)

196. BIBLIOTHÈQUE DE L'ÉCOLE DES CHARTES. *Paris,*
1839-1876, 32 vol. gr. in-8, demi-rel. mar. r. et le
reste en livraisons.

197. PLUTARQUE. Vies des hommes illustres, trad.
du grec par Ricard, ornées de statues, bas-reliefs,
cartes, et de portraits d'après l'antique. *Paris,
Dubois,* 1838, 16 t. en 27 vol. gr. in-4, demi-rel.
mar. r. tr. sup. dor. (*Petit, succ. de Simier.*)

Au chiffre du Roi LOUIS-PHILIPPE, exemplaire en grand papier vélin,
planches sur chine, avant la lettre. Premières épreuves, contre-épreuves et
eaux-fortes.
Des trois exemplaires souscrits par le Roi, celui du Palais-Royal a été
brûlé. Le second appartient aujourd'hui à S. A. R. le comte de Paris, et le
troisième exemplaire a été acquis par M. Moignon à la vente des livres de
la bibliothèque du Roi. Cet exemplaire avait coûté près de 14,000 francs.

198. Abbregé de la vie et de la mort de messire
Charles de la Saussaye. *Lyon, Louis Perrin, s. d.,*
pet. in-8, mar. bl. fil. tr. dor. (*Capé.*)

199. Recherches sur la vie et les œuvres du P. Cl.-Fr.
Menestrier, de la Comp^e de Jésus, par Paul Allut.

Lyon, Scheuring (impr. Perrin), 1856, in-8, portr.
mar. bleu, fil. tr. dor. *(Capé.)*

200. ANNUAIRE de la pairie et de la noblesse de
France, par Borel d'Hauterive. 1843-1862, 18 vol.
in-12, br.

Les années 1843-44 ont, seules, les figures coloriées.

201. J.-C. BRUNET. Manuel du libraire et de l'amateur de livres. *Paris, Didot*, 1860-64, 6 tomes en
12 parties in-8, brochés.

202. Inventaire, ou Catalogue des livres de l'ancienne bibliothèque du Louvre, fait en l'année
1773 par Gilles Mallet, avec des notes par Van
Praet. *Paris, de Bure*, 1836, gr. in-8, demi-rel.
non rogné.

Exemplaire en grand papier vélin.

203. Bibliothèque curieuse et instructive de divers
ouvrages anciens et modernes de littérature et
des arts (par le Père Menestrier). *Trévoux*, 1704,
2 t. en 1 vol. in-12, front. gravé, mar. r. fil.
tr. dor.

204. Mélanges tirés d'une petite bibliothèque, ou
Variétés littéraires et philosophiques, par Charles
Nodier. *Paris, Crapelet*, 1829, in-8, gr. pap. vél.
demi-rel. mar. v. n. rogn.

205. Description raisonnée d'une jolie collection
de livres, par Charles Nodier. *Paris, Techener*,
1844, gr. in-8, demi-rel. mar. v. non rogn.

Exemplaire en grand jésus vélin.

FIN.

CONDITIONS DE LA VENTE.

La vente se fait au comptant. Les acquéreurs payeront 5 % en sus des enchères applicables aux frais.

Les réclamations devront être faites dans les vingt-quatre heures qui suivront la vente. Passé ce délai, ou une fois sortis de la salle de vente, les ouvrages adjugés ne seront repris pour aucune cause.

Il y aura exposition des livres de UNE à DEUX heures.

Le libraire chargé de la vente remplira les commissions qui lui seront adressées.

ORDRE DE LA VACATION.

109 à 205.

1 à 108.

Paris. — Typ. G. Chamerot, rue des Saints-Pères, 19.

RED. :

21

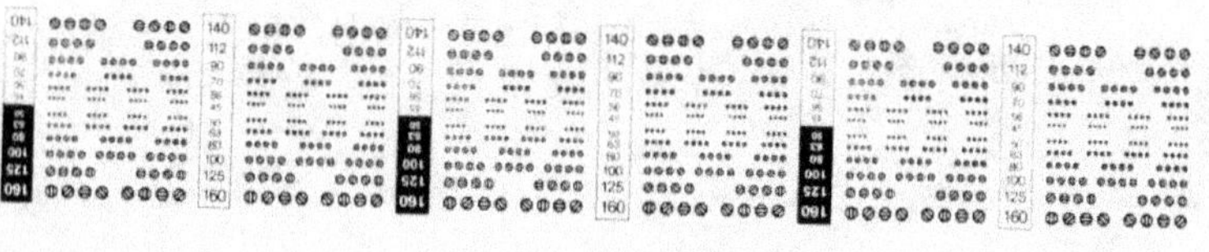

MIRE ISO N° 1
NF Z 43-007
AFNOR
Cedex 7 - 92080 PARIS-LA DEFENSE
graphicom
0 1 2 3 4 5 6 7 8 9 10

BIBLIOTHEQUE
NATIONALE
DE FRANCE

****

CHATEAU
DE
SABLE
1995